시안황금알 시인선 20

노을강에서 재즈를 듣다

허 림 시집

시안황금알시인선 20

노을강에서 재즈를 듣다

초판인쇄일 | 2008년 06월 05일
초판발행일 | 2008년 06월 17일

지은이 | 허 림
편집인 | 오탁번
펴낸곳 | 도서출판 황금알
펴낸이 | 金永馥

주 간 | 김영탁
편집실장 | 조경숙
표지디자인 | 칼라박스
주 소 | 서울시 중구 필동2가 124-11 2F
전 화 | 02)2275-9171
팩 스 | 02)2275-9172
이메일 | tibet21@hanmail.net
홈페이지 | http://goldegg21.com
출판등록 | 2003년 03월 26일(제10-2610호)

ⓒ2008 허림 & Gold Egg Pulishing Company Printed in Korea

값 7,000원

ISBN 978-89-91601-52-9-03810

*이 시집은 한국문화예술위원회의 지원으로 발간되었습니다.

시안황금알 시인선 20

노을강에서 재즈를 듣다

허 림 시집

황금알

아버지는 누워 있고,
나는 서 있다.

가을, 잎 넓은 나무가 제 몸 한 겹 한 겹 내려놓듯이
지금 그 순간의 몸짓을 그냥 보고만 있는 것이다.

생의 한 가운데 가부좌 튼 부처처럼
아무런 말도 없다. 그저
점안의 문자를
생의 행간을 지나온 풍경의 주름을
빤히 들여다 볼 뿐이다.

난분분하다.

그게 시詩 일 것이다.

아직도 시는,
사는 것만큼 어렵다.

2008년 봄
홍천에서

차 례

2부

국밥 한 그릇

3부

4부
월정사 전나무 숲에서

5부
병이라는 짐승

1부

따뜻한 시간

따듯한 시간

여태껏 컴퓨터가 없어
시간이 집을 지은 누런 달력 뒷장에다가 낙서를 하거나
퍼뜩 떠오르는 생각이나 오랜만에 걸려온 전화번호나 주
소를 적으며
막걸리에 찬밥을 말아 척척 시어 꼬부라진 열무김치에
막장에 풋고추를 찍어 밤참을 먹다가, 문득
면 증조부 뻘 젯상에 괴어놓은
약과며 다식이며 과줄을 얻어 돌아오시던 아버지가 무척
보고 싶은 것이다

소금밭

말이란 절박할 때 하거라
먹을 거 입을 거 넉넉하면 그냥 입 속에 가두어라
들어오는 말이 얼마나 말이 많더냐
세상의 말이란 말 죄다 끌고 와
생의 그물코마다 비벼대는 말의 뒷심은,
허망했던 게 어디 한 두 번이더냐
말의 등을 떠미는 바람은 얼마나 거칠고 매몰차더냐
말하지 않는다고 목숨 놓는 거 아니다
호미 들고 밭고랑에 앉아 북을 주면서
이편 밭고랑 내 발 밑으로 두더지처럼 기어오는 소리
또 귀담아들으며
쉼 없이 잦아드는 게 어디 말소리뿐이더냐
햇빛이 자근자근 읽고 가는 동안
오뉴월 염천에 눈 내리는 소리 못 들었냐

혼자 사는 집

먼 길 떠나려하지 않는 밤나무처럼
그저 땅 속에 발이나 묻고
하늘 우러르는 어머니
누런 머릿수건 풀어 땀을 닦는
여름 한낮
잠자리 날아와
생의 말뚝을 박는
깊은 고요

잘 익은 다래

오일장 구 보건소 앞
서리서리 늘어놓은 장 보따리 사이
천천히 떠밀리며 이리저리 둘러보다가
손마디 울퉁불퉁한 할머니
대접에 다래 수북하게 담아놓는다
말랑말랑한
완숙한 생의 젖꼭지 닮은,
촌스럽고 낯익은,
햇살 무늬의
깊은 울림

오래된 셋방

향토 자료관 앞 돌계단 틈새
제비꽃과 민들레가 꽃을 피운다
톱날 같은 잎사귀를 바닥에 붙이고
꽃대를 밀어 올리는 민들레는 곱다
그 사이 수줍게 고개 숙인 제비꽃은 희다
언제부터 내외 한 것일까
좁은 틈새 발 한번 뻗자면
골백번은 더 마음 비웠을 텐데
나비 팔랑대며 날아와
노란 꽃에 앉았다가
흰 꽃에 앉았다 날아간다

권태

개들은
엉덩이를 맞댄 채
후희를 즐긴다

서로의 얼굴을 보기 싫은 까닭일까
돌아누워 잠을 잔다

한낱 꿈의 밑창을 뜯어낸
몽롱한 잠,
혹은

소금

한낮 공현진 해수욕장 주차장
햇살에 널어놓은 그물이 꾸덕꾸덕 마르자
아낙네들이 도리깨질을 한다
그물코마다 서로의 그림자를 뉘여 놓고
오래도록 찌들고 절인 생을 투덕투덕 두들긴다
서럽고 분한 심사가 그렇게 깊은 것일까
챙 넓은 모자 그늘 속에
자글자글한 바다의 말들
흰 빛의,
마침표 같은

종

겨울 상원사 종각에 눈이 날아든다

눈송이 하얀 이마 동종에 부닥칠 때마다
눈물 묻어난다

눈송이에도 종의 중심은 공명한다
가슴으로 운다

길이 보이지 않는 산 아래까지
낮게 하얗게 쌓인다

바늘

밤새도록 가서 닿은 곳은
전나무 숲이다 바늘이 정수리마다 돋는
전나무 밑에서 털이 긴장했다
내 몸을 뚫고 돋는 수많은 바늘
숨 쉬듯 몸을 꿰매고 있다는 걸 왜 몰랐을까
쿨룩거리는 가슴을 도려내고
오래도록 아픈 살점들을 박음질하고
헤지고 너덜너덜한 힘줄을 홀쳐매고
아침이면 거뜬히 일어나도록

나뭇잎

낙엽처럼 갈 수 있는 목숨이었으면
몇 개의 목숨은 벌레에게 주고
몇 개는 바람에게 주고
남는 몇 개는 아이 모자 만드는데 주고
몇 개는 떡 찌는데 주고
그래도 남는 건
당신 가을 사진 속의 배경이 되었다가
나 어린 처녀의 책갈피가 되었다가
그래도 남는 것은
갈물 들도록 몸 말려
어린 아내 군불 쏘시개라도 되고

폭포

새,
날개 죽지가 흰
새, 날아내린다
아니 뛰어내린다
이소본능일까
훌쩍
낮게 낮게 몸 숙이면서
바닥에서 바닥까지
맞닿은
생의 직선.
직선의
한 획

음

음
입 속 혀뿌리에서
둥글게 혹은 네모지게 목을 타고 내리는 소리였나
긍정하면서 혹은 부정하면서
두고 보자는 듯 받아들이는 소리

음
생각을 꺼내거나 속내를 드러낼 때
습쩔처럼 낮고 가볍게 우울하고 무겁게 스미듯
모든 걸 담아내는

음
그래야지 순응하듯
다시 한 번 숙고하듯 삼키는
목숨

2부

국밥 한 그릇

야광나무

알몸이다
거죽은 바람의 상처
새살은 늘 알몸을 드러내고
바람이 닿는 순간 검게 타버린다
바람이 비벼댄 자국 깊어
어둠처럼 거뭇하다
새살의 나무는 알고 있다
세상은 위험하므로
몸을 내미는 순간
상처의 껍질을 가져야 한다는 걸
알면서도 당당하게 긴 목을 빼드는 너
알몸인 채로 자멸하듯
산막에서 막 물들고 있다
엄숙하게 붉어지는
산통産痛처럼
서로 가슴을 치며 우는
구룡사 개울 건너 치악으로 들어서는 길

도장

우체통에 편지를 넣고
구 시장 노점에 앉아 선짓국에 전병을 주문한다
잡채와 두부 묵은 김치를 넣고 메밀 전에 둘둘 말아 지져
낸다
선짓국에서 엉긴 핏덩어리를 건져 먹는다
먹먹하다 입안에 수많은 말의 덩어리가 부대낀다
낙타가 지나온 길 천국의 서쪽처럼
마술 같다
삶이 몇 번을 윤회해야 낙타가 될까
사막에 쌓이는 바람과 햇살의 발자국이
낮은 지붕 위를 길게 덮는다
아직도 사람들은 땀의 무게에 희망을 건다
오래 전에 끊긴 샘물을 기억하거나
복개천에 묻어버린 너럭바위의 전설을 이야기 한다
수위실 지나 회전문을 밀고 들어선다
눈빛이 전선처럼 얽힌다
오래된 냉장고처럼
늙은 고양이 울음처럼
선명하게 딱지가 앉도록 깊은 말의 종지부에

수천의 눈과 입을 가진 나무
그 가슴에 새긴 이름 석 자의 생을
꽉 눌러 찍는다

동막골 가는 길

새 한마리 길에 누워있다
날개 죽지에선 피가 흐르는데
날 수 있다는 듯 푸득 거린다
이 길이 새의 길이었다
이 길을 지나 단풍나무에 앉았다가
내 사는 뒷산으로 갔던가
호수공원 갈 숲에서 배를 채우고
길과 길에서 만나는 이웃들처럼
한 떼의 날개 퍼덕이며 오가던 하늘
통행에 불편을 드려 죄송하다는
문구를 나는 읽지 못하고
불현듯 땅 위에 누워 길을 본다
길에 내려와 누운 새의 하늘을 쳐다본다
나도 누군가의 길을 막은 적은 없었을까
그의 가슴에 더러운 손때 묻히진 않았을까
거미줄처럼 늘어진 온갖 길들
누구의 목숨에 닿아
뚝 끊어 내 심장에 꽂으면
어떤 희망이 상처로 남을까

바닥을 치며 날아오르려는 새처럼
여백으로 남겨지는 캄캄한 길

마루 밑

마루 밑,
누렁이가 새끼 낳으러 들어가기도 하고
쥐약 먹은 누렁이 거품 물고 뻘건 눈 부라리며
서서히 죽어가던

마루 밑,
햇살이 닿지 않아 더 어둡고 서늘하고
왼손잡이 할아버지 꾸불꾸불한 지팡이와
고집 센 검정 소 목덜미에 얹었던 멍에
삐딱하게 떠받고 있는

마루 밑,
허물 같은 생의 거처는 남아있는가
뭉툭한 호미 날이나 부러지고 이 빠진 낫 모질뱅이 순가
락 깨진 대접 볼펜에 끼워 쓰던 몽당연필 눈알 같은 유리구
슬 국어 책 겉장으로 접은 딱지 몸통뿐인 기타 무궁화 꽃이
선명한 1원짜리 하얀 동전 어머니한테 대들다가 떨어진 것
같은 단추 빠져 들어간

마루 밑,
먹구렁이 울음
웅숭깊은 어떤 기억

굴뚝

마른 연기 피어오르는 굴뚝 보면
왠지 그 방 아랫목에 눕고 싶다
바람에 치이고 사람에 치인 허리 지지고 싶다
청동화로에 감자 서너 개 구워 먹고 싶어진다
메줏내 퀴퀴하게 맡으며
하느님보다 무섭던 할아버지를 만나고 싶어진다
수염이 잘 어울리고 눈이 부리부리 했던
왼손잡이에 시조창을 읊던
청산리 벽계수 다시 흘러오지 않지만
왠지 알싸한 냉괄 내 배인
그 뜨뜻한 아랫목에 벌렁 눕고 싶어진다
신문지로 척척 발라놓은 천장
쥐들이 줄 다름치고 더러 쥐 오줌이 배인
뭣보다 그날 불었던 샛바람과
햇빛 속으로 뛰어들고 싶다
내처 달려 들어가 아궁이 앞에 쪼그리고 앉아
불알 늘어지게 따뜻해지고 싶다

언별리 선주네 집

선주는 언별리에 사는데요
이사 간 지 한해도 안 돼 두 번이나 이사 했더래요
먼저 살던 집과 지금 사는 집 사이엔
달구장이 있고 마당이 있고
울타리 없는 둘레둘레
옥씨기 감자 고추 고구마 파를 심었다데요
요즘은 이웃으로 품 팔러도 나간다데요
그녀는 딱 한번 새경할매 집으로 갔더랬는데요
품삯이 감자 몇 고랑하구 고추 실컷 따다 먹는 거였더래요
요즘은 왠지 부자가 된 듯하여
입에는 해바라기만한 웃음이 늘 핀다더라고요
지난 여름 천렵을 한다고 갔더랬는데요
감남구와 자두남구에는 그네가 매여 물소리 실어 나르고
감남구 지나 개울까지는 서른 발도 안 되는데요
물살이 얼마나 센지 물괴기가 살까 싶었는데
그 물속에 꺽지 탱가리 뚝저구가 뱃살 비비적대며 알을
슬고
발가둥이 애들과 멱을 감더라구요
밤이면 선주씨도 땀 밴 가슴 씻을 겸 멱 감으러 간다는

34

데요

　물결마다 둥둥 떠오는 달이 허벅살을 간지른다나 어쩐
다나

　암튼 나는 생 쑥을 피워 내는 모개 연기 하두 쐐

　시방두 눈이 매워 시금 거리는데요

　안부라도 전할라치면 말캉말캉하고 먼득먼득한 선주

　고것에 말씨가 속 안까정 당구 뿌럭지마냥 화해 오더라
고요

동행

느티나무 아래 의자가 혼자 그림자를 늘인다
아침햇살이 나른하게 앉는다
밤새 뒹굴었을 이슬이 날아오른다
바람에 날아온 송홧가루가 분탕질친다
읍내 버스를 기다리는 어머니
보따리 이고나와 의자에 앉는다
지팡이도 덩달아 어깨를 기대고
뒤따라온 강아지도 발 밑에 앉는다
버스가 신 서방네 집 앞을 지나 주논고개 올라서면
다시 보따리 이고 지팡이 짚고 점자판 두드리듯
천천히 길을 건너온다
쉿소리 섞인 숨 길게 뱉어내며
쇠잔등 같은 허리 죽 편다
치맛자락을 고쳐 맨다
분탕질 친 송홧가루가 노랗게 날아간다
모른 척 긴 느티 그늘이 의자에 오른다
발끝에 앉아 함께 기다리던 강아지
물끄러미 바라보다 집으로 간다

주민등록등본 한 통 떼러가기

주민등록등본 한 통 떼려고 동사무소 가는 길
길은 지하도 불빛 속으로 이어지고
지하에서 지상으로 이어지는 계단 올라서자
은행나무 햇살의 긴 그림자 끌고 지나간다
검은 색 안경 쓴 충남 석재 석수
어두운 석물 한 벽에 나무를 심고 있다
그 나무는 장생의 길로 들어서고
겨울바람에 눌린 혈을 풀고
푸른빛 그늘 드리웠다
울타리가 되는 길가의 나무들은
푸른 잎사귀에 앞서 꽃이나 보라고
노란 무더기 꽃 피운다
나비 한 쌍 숨죽이고 날고 있다
노란 개나리꽃 울타리 따라
동사무소 앞까지 천천히 날아와
하늘하늘 지는 목련 꽃송이에 앉는다
동사무소 민원창구에
얼른 주민등록등본 한 통 신청해 놓고
나비가 앉았던 목련 꽃송이 바라보았다

나비는 하늘하늘 날아가고
제 모습을 드러내며 저만큼 나무에서 떨어지는
날개 같은 꽃잎
여기까지인가
문득 주민등록 등본에 가지런히 누워 있는 이름들

즐거운 일

먹는 일이야

서서 먹든 돌아다니며 먹든 차려놓은 밥상머리에 앉아
먹든 꾹꾹 씹어 침이나 발라 꿀꺽 목구멍 너머 삼켜 놓으면
그만인데 삼킨 것들이 오장육부 휘휘 돌아 다시 세상에 나
올 때는 한없이 겸손해야 하느니라 세상에 버리고 나면 구
리고 버러지 들끓고 비켜가고 마주치는데 오만상 찌그리지
만 똥은 알고 있는 기라 먹어서 안 될 것을 가려 다시 세상
에 내려놓을 때 무릎 꺾고 쪼그리고 앉아 명상에 잠긴 몸
그 속을 지나 뜨끈하게 태어난다는 것 그 순간만큼 경거망
동해선 안 되고 내둘러도 안 되고 흔들어서도 안 되고 무모
하게 힘을 써도 안 되고 오로지 물속으로 가라앉는 돌처럼
천천히 내려놓아야 한다는 것 뒤가 구리거나 속이 더부룩
하거나 메슥거리면 일단 뒤를 볼일이지만 가끔은 꽉 막혀
관장을 하고 기다려야 할 때도 맨살 엉덩이 들이대고 앉아
서 누어야 하는 일

그래야 속 편한 일

배추

뒤란에 몇 포기 심어놓은 배추
줄거리 앙상한 잎맥만 보인다

잎맥과 잎맥사이
구멍이 숭숭 뚫리고
얼핏 벌러지가 기어가는 것 같다

뼈대만 앙상한 잎사귀를 뒤집자
털썩 맥을 놓아버린다

몇 달 째 자리에 누운 백조부의 손이 배춧잎처럼 널부러
진다
눈빛으로 와 닿는 눈물이 속고갱이처럼 뜨거워진다

할머니 생각나는 저녁

찬거리 살까 국거리 살까
신한은행 골목으로 저녁 장 구경 가다가
공중변소 오른쪽으로 돌아설 지음
고추방앗간 처마 밑 그늘 아래 펴놓은 푸성귀들
냉이 씀바귀 달래 원추리 머위 돌나물 쑥 아욱 마늘잎
미나리싹 움두릅 취나물 참나물
철따라 돋아나는 퍼런 생애와
한 표 부탁한다며 손에 쥐어준 명함들 시들고 있다
이 사람 아느냐고 물었더니
양 볼이 움푹 패도록 씰룩이며
약이니께 맛나게 달여 드셔
축 널부러진 참나물 한 움큼 덤으로 담는다
아욱 씻어 냄비에 넣고 참나물 씻어 바구니에 담는다
국이 끓기를 기다려 상을 차린다
나물 성찬의 저녁
파들파들 되살아나는
푸른 탄주彈奏의 울림
다시 살아나는 생
분명 있다

바늘 귀

바늘에 뚫린 구멍 바늘귀
바늘은 늘 열려 있으므로
헐거워진 생계의 구차한 변명을 엿들었으므로
듣고도 못들은 척 그만큼 아팠으므로
밤마다 사내가 찾아왔으므로
질긴 실오리를 꿰었으므로
상처를 내며 상처를 감싸야 했으므로
그러나 아니다 말할 수 없는
바늘과 귀, 귀와 구멍은 컸으므로
내일 해는 내일에 뜬다고 미뤄두면서
툴툴 털어 내지 못하는 미명의 구멍
무명의 실을 꿰어 끌고 가려할 때
가슴뼈 하나 뽑아내어 밤새 갈고 있는 그녀
듣지도 못하는 멍텅구리
바늘 귀

용소민박

수타사 뒤편 계곡 소가 있다 얼마나 깊은지
명주실 한 꾸러미 다 풀어내려도 바닥을 알 수 없다고 한다

할머니는 소 얘기를 들려주셨다
아직도 그 소에는 용이 산단다 하루에도 몇천 동이 물을
마시며 승천할 날개와 발톱을 키운단다 하루는 굴멍에서
나와 노는 용을 보았단다 나를 보자 눈 한번 끔뻑이더니 금
세 치마 속으로 들어오더라 넋을 놓고 한동안 너럭바위에
앉아 용의 숨소리 들었단다 하늘 문이 열리듯
우렁우렁 솔아드는 물소리 물안개지는

한여름 밤 모깃불이 홀로 연기 피워냈다
아내는 산후조리 제대로 못했다고 배를 문지르며 이불
끌어 덮는다

용소 물빛 푸른 히드라의 언어가 빛을 내며 접속한다

국밥 한 그릇

장날이었지요
괘석리에서 나온 영감 할멈이라데요
영감은 보따리 등짐 지고 할멈은 머리에 이고
공중변소 옆 칼국수 집 앞에다 짐을 풀었더래요
등짐에선 돌배가 우그르르 쏟아지는데요
더러는 누릿누릿 물컹하게 익어
삽시롬하고 달큰한 문내 확 풍기고요
할매가 이고 온 보따리에선
푸르댕댕한 다래가 와르르 쏟아지는데요
물쿠고 터진 다래 골라 연신 영감 입에 넣어주데요
좀 쑥스럽기도 하고 미안하기도 한지
돼았소 돼았소 하며 슬며시 자리 뜨더니
쟁반에 국밥 한 그럭 인 아낙 앞세우고 뒤따라와
돌배자루 다래자루 조시 밀어놓고
— 할멈 국밥 들고 합시다 뜨끈뜨끈한 게 입맛 돌겠소
한 숟가락 뚝 떠 넣어 주며
— 간이 맞소
묻는데요
남세스럽게 왜 그러냐면서도

지그시 눈감고 한 손으로 받쳐 받아 드는
숟가락
온 생애 다 담고도 남을 묵직한 것이
가슴에 와 콱 얹히더라고요

3부

■ 시인의 얼굴과 육필

연어가 돌아오는 길

아이의 그림 속에 산이 있다

바알간 불빛 새어나는
기슭에 오두막집
한 밤중인듯
산 위에 별이 돋아난다

아침이면 햇살이 찾아든다고 했다

누가 사느냐고 물었더니
때랭이꽃이 흔들렸다

4부

월정사 전나무 숲에서

푸른 피를 가진 벌레

푸른 개*를 읽다가
생의 본적과 주소 잃고 기어가는
벌레와 마주쳤다
그 몸에 달린 날개와 다리
눈 까뒤집고 봐도 보이지 않는다 인간의 마을에서
낯선 생의 행간을 기어서 읽고 가는
종도 이름도 알 수 없는 한마리 벌레
불 켜진 창을 넘어 들어와
잠시 머무른 순진한 노역의 행간을 나도 따라 읽다가
아뿔싸, 벌레의 몸 밖으로 내비친
푸른빛의 피. 그가 날고 기어가는 힘이
바다처럼 출렁거렸다
모든 생의 몸은 바다였다
바다 같은 핏기가 있고 펌프질 소리가 들렸다
생에 닿아있는 사랑이든 애증이든
뜨겁게 실어 나르는 생생生生한 유속.
나 또한 유랑하며 누군가의 사랑을 빨지는 않았는지
푸른 피를 가진 벌레가 깃 든 단칸방 같은 행간
날다 기다 써놓은 형상문자
행간을 사유하는 푸른빛의 밤

* 이재무 시인의 시 제목

복날 저녁

음력 유월 중순께 장마가 끝나고
굴목 뒤 서늘한 밤나무 그늘 아래
팅팅 부른 젖꼭지 덜렁대며 누렁이 허리 길게 펴 몸 누인다
갓 눈이 떨어진 여섯 마리 강아지들
우르르 몰려들어 젖꼭지 하나씩 물고 늘어진다
앙증맞은, 가슴을 후벼 파는 새끼들 끌고
서늘한 땅바닥에 누운 그가
긴 혓바닥으로 새끼들 사타구니 핥아준다
연신 침을 발라 핥아주며 가랑이 들어 벌려 젖을 먹인다
젖꼭지마다 물고 늘어지던 강아지들이 기지개 트림을 하고
서로 주둥이를 핥으며 뒷마루 불빛 아래로 몰려 와 뒹군다
그도 몸을 추리며 수돗가에 와서 물을 먹고
아무 일 없다는 듯 제집으로 들어가 눕는다

복날, 뜨끈뜨끈한 육질의 탕을 그릇마다 비운 늦은 저녁
개기름 번질대는 설거지 끝내고 아무 일 없다는 듯
안방으로 들어가 눕는 어머니

그 몸에서 나는 소리였을까
잠든 동물 같은 서늘한 숨소리
동그랗게 몸을 말아 올린 늙은 생의,
젖은 그늘

묵

바람의 무게일까
이슬의 무게일까
상수리나무에서 상수리가 떨어진다
밀어내지 않으면 몸이 점점 무거워지는
열매를 밀어내는 중이다

그 날 저녁 전화를 받고 풍천리에 올랐다 나무에서 밀려
나 뒹굴 뒹굴 굴러다니던 상수리를 주어 묵을 쑤었다는 것
이다 송 선생은 저녁 내내 아궁이를 지켜야 했고 솥단지에
선 상수리들이 서로의 몸을 끌어안고 엉겨 붙어야 했다

엉겨 붙는 것이 어디 묵 뿐이랴

여인興人

어느 날 그대는 붉은 빗줄기가 되어 루오의 자화상 같은
얼굴 들이밀고 웃을지 모를 일이지만 아무 탈 없이 아무런
표정 없이 서 있는 긴 그림자처럼 엉거주춤 멈춰 선 듯 떠
가는 구름을 오래도록 바라보다 우기를 지나 밤하늘에 별
들이 문을 닫는 새벽 조그만 교회 깨진 유리창 상처를 꿰맨
성자처럼 여리고 순진한 영혼을 만나고 싶은 것이다

다만 흘러가서 다시는 돌아오지 않는 사람처럼
강물은 흘러가며 또 깊어지고
구름 또한 무거운 가슴 비울 때까지
붉은 빗줄기가 되어 지나가고

일찍 잠에 들었다가 새벽에 깨어 그대의 첫 시집을 뒤적
일 때
그대 아픔의 한 끝이 사랑이었다는 것 또한 새삼스러울
것도 없는데

내 사랑으로 하여 죽을 만큼 지독해지기를

마루 구멍

옹이 빠진 마루 구멍의 저 안쪽
거미줄 사이 한 세상 풍경이 자막처럼 흔들리는
시간의 잔잔한 자서전
오래전에 잊은 상형문자 같은
끈적거리는 비밀이 우우량량 떠돌던 적막을
걷다가 걷다가 굳은살 깊은 까치눈
생의 중심을 쿡쿡 치밀면
밑줄 친 문구처럼
혹은 빈칸에 남아있는
나의 부재를 또 확인하고 싶은 저녁
어쩌면 한 번 더 신고 버리려 했는지 모를
버려도 좋고 잃어버려도 괜찮은 기억의 언어였을
반쯤 뒤축이 구겨진 길의 내막
뒤꿈치 욱신거리는 길
바닥의 구멍
저 안쪽

밤 열한시 용문사 은행나무

밤 열한시의 바람이 나뭇잎을 흔든다
푸른 잎들이 발광하기 시작한다
추석을 일주일 앞둔 달빛이 나무통 두드리자
이미 속이 비어 바람의 거처가 된 몸에서
푸른 수맥의 물들 안개처럼 뿜는다
주먹만 한 새들이 나뭇가지에 앉아
새벽 독경소리 듣고 있다
나무는 바라의 어둠 흔들어
오래도록 매달렸거나 벌레 먹어 아픈 나뭇잎
발 밑에 뉘어놓는다
산사의 적요가 이슬처럼 투명하다
천 년의 나이테는 어디가고
푸른 이끼들이 빌붙어 사는 몸의 틈새마다
매미마저 허물 벗어놓고
수맥이 닿지 않은 먼 가지엔 하현달이 내려앉는다
한때 너의 침대가 되겠다는 꿈
이제는 내 죽음을 실어 나르는 관이나 될까
내 삶에 목숨을 걸지 마라
금줄 하나 붙들어줄 힘 또한 미약하다

내 몸을 집 삼아 살아온 것들아
보다시피 나는 속이 빌 때까지 살아왔다는 것 뿐
허물처럼 살아왔다는 것 뿐
가을 노랗게 물든 수천 통의 불경을
나는 또 읽어야 한다

사투리가 그립다

그 마을에 이사 가면
먼저 사투리를 배우련다
사투리 속에 배인
바람과 흙
물과 햇빛의 냄새
오랜 시간 울며불며 익어 온
꾸불텅한 언어의 옹알이
나는 너의 말을 따라 숨 쉬고
네가 걸어온 시간 속을 따라 가련다
너는 어머니로부터 물려받은
말의 몸짓을 섞어
내게 말을 해 다오
나는 말의 자궁에서부터 다시 태어나
너의 몸짓과 표정을 배우련다
목청도 돋우어
오래도록 애기하며 살다보면
내 몸에서도 네 몸 같은
사투리 절로 배어나지 않을까

나무는 말을 아낀다

너를 사랑하는 힘이 어디서 오는지
소양강 바닥까지 닿은
깊은 어둠 끌어당기는 힘이
어디서 오는지
너를 바라보는 것만으로
슬펐던 날의 일기를 솔직하게 쓸 수 있고
너를 생각하는 것만으로
눈물을 닦고 길을 갈 수 있다
내가 사랑한 것처럼
내 안에 너를 닮은 나무가
말없이 나를 바라보고 있다
말없이 제 삶을 드러내놓고 산다는 게
얼마나 아름다운 일인가
말없이 물결을 흔드는 소나무
물 속에 제 몸 하나 늘어뜨리고

노을강에서 재즈를 듣다

그대와 헤어지고 나서 강가에서 나는 서성거렸다
물결의 악보 위로 조곡 같은 바람이 흘러왔다
물과 물 뒤섞이는 소리 발끝에 젖고
눈빛이 저녁 햇살이 잠시 붉어졌다
강물 따라 흘러가는 노래는 조금은 슬프리라
강에서는 고기들이 햇살을 마시려 뛰어오르고
물 속의 돌들은 자갈자갈 모난 가슴을 씻어내리라
물풀의 풀결을 간지르며 노래처럼 흘러 가고
그대는 이미 떠났고 푸른 저녁이 왔다
랩소디 같은 나직한 물의 노래가
물결의 악보 위로 겹쳐져
흰 모래밭 발자국마다 소복소복 쌓였다
모래 속에는 영혼이 눈을 뜨고 반짝이고
밤이면 손을 잡고 하늘로 올라가 별이 되리라
나는 생에 귀가 멀고 눈이 멀었지만
나는 노을강에서 그대의 이름을 부르며 흘러갈 것이다
바다까지 흘러가 섬이 될 것이다
그대는 이 강을 따라 떠났고 물결처럼 남은 사랑만이
내 가슴에 와 뒤척인다 은밀하게 상처 속에 남아있는

고독은 미루나무 숲 그늘 아래 서성이게 하리라
밤 새의 울음이 적막하게 둥글어지고
나는 나무의 저쪽에서 또는
물의 안쪽에서 들려오는 메아리를 듣는다
내 사랑은 아직도 강가를 서성인다

라장조에서 내림 나단조의 밤

라장조의 음이 가볍게 전깃줄을 울리고
까마귀 저녁처럼 날아와 앉는다
새들은 라장조의 음표를 물고 집을 짓는다
또 하나의 올림 바장조 음이 전깃줄을 퉁기자
까마귀들이 날았다
아마 집으로 돌아갈 시간이 되었을지도
배가 고팠을지도 모른다
피아노 연주는 노을처럼 붉게 이어지고
미루나무 푸른 이파리에 엎드려 있던
낮은 음 자리 음표들이 더 낮은 노래를 부른다
노래의 느림과 느림 사이 눈이 내리고
선자령 바람이 골 깊은 굴참나무의 고막을 찢는다
유리창에 팀파니의 여음 같은
내림 나단조의 음표가 매달린다
새들이 앉았던 전선엔 바람의 말들이
울음소리를 낸다 강의 건너
산 너머 너머로 이어지는
하얀 음표의 내림 나단조
아물아물 울려나오는 청동 촛대 붉은 빛

휘파람새가 아직도 운다
몇 시인가

월정사 전나무 숲에서

가끔 전생을 따라가고 싶었다 그 생각을 끌고 산 속으로
들어서곤 했다 몇 백 년을 산 나무 아래 요람에 누운 듯 잠
들곤 했다 바람이 불었고 나뭇잎 같은 햇살의 무늬가 몸 위
로 지나갔다

어느 시대 어느 왕조였는지 그 삶의 기억은 아득히 멀고
지금은 한 끼를 걱정해야 하는, 다만 그런 마음 툭 끊고 시詩
나 생각하며 아침을 맞이하는 기억의 이면, 지금 나는 현세
에 살고 있다

유세차 모년 모일 자정에 깨어 전생에서 돌아와 구들장
에 누워 뒹군다 한 마리 짐승이 입김 허연 긴 한숨 내뿜으
며 마흔이 훌쩍 넘도록 덤으로 산다

집으로 돌아오기 전 야간 경비를 서는 친구를 만났다 소
주에 국밥을 먹고 밤새 별과 어둠의 노래로 긴 목줄기를 적
셨다 책 표지가 없는 책을 읽다가 잠들었나보다 그 이전의
시간은 푸른 안개처럼 되감겼다

전생의 기억은 캄캄하다 전나무 숲으로 들어서는 밤 열한 시. 불쑥 내 손을 잡고 끌고 간 길은 내가 기억하지 못하는 전생의 길이라는 듯 따듯하다

전나무 숲을 지나온 별들이 내 몸의 혈마다 전나무 바늘잎을 꽂는다 산죽 이파리에 매달린 이슬방울이 별처럼 생명한다

수화

두류공원 야외 탁자에 앉아
나무들의 수작을 보네
팔뚝 같은 배롱나무 가지를 흔들면
맞은편 단풍나무 나뭇잎
말을 되받아 치네 말의 꼬리
꼬리의 말이 온 산을 흔드네
나무가 나무의 말을 듣는 동안
나무가 나무의 말에 고개를 끄덕이네
나는 나무의 말뜻보다 나무의 몸짓
노래처럼 듣네 그 나무의 노래
춤사위 덩실거리네
술술 바람 소리 새어나오는 나무의 말들
건너 편 탁자에 앉아 수화 나누네
말의 몸짓과 표정이 뜨겁네
얼굴 붉히기도 웃어 보이기도 하는
나무의 말 같은 말
뿔처럼 내 가슴에 박히는걸 보네

5부

병이라는 짐승

무반주의 여운

풍천리 송 선생님 작업실에
누에처럼 누워 듣는 새 울음
밤새도록 울고 나면
산기슭 어슬렁거리는 안개와
물박달나무 이슬 터는 소리
그 소리 그 소리 누가 알 것냐
저 새의 생의 절반이 울음인 것을
울음의 절반이 내게로 건너왔다
서로의 상처를 어루만지며
나도 밤새 운 것이다
생의 둘레를 접었다 펼치며
홀로 건너지 못할 세상
울음으로 맞대어 놓고
밤새도록 왔다 갔다 건넜다는 것을
서로 얼굴 한번 마주한 적 없이
생의 갈피를 물들였던
푸른 안개 속 무반주의 여운
눈물 나는 것들 순한 눈빛
철렁 쏟아내는 울음
가슴까지 먹먹해지는 붉은 목젖

폐차장에서

제 몸 하나 굴릴 수 없어 오는 것들
녹슬거나 너무 달아 반짝이는 생의 무덤
쇠붙이는 쇠붙이대로 구부러지고 부러져 무겁고
바퀴는 바퀴대로 터지거나 찢어져
길 아닌 바퀴 위에 누워있다
바퀴들의 음모일까 트럭이 주저앉는다
누군가 아직 쓸 만하다고
추수를 수 있는 오장육부를 꺼내자
고름 덩어리 오일 시커멓게 쏟아진다
쓸 만큼 쓴 것들의 몸 상처의 거처
삐거덕 거리다가 덜커덩거리다가
오도 가도 못할 때 찾아와
오래도록 붉게 삭히면서
노을처럼 붉어진 생의 자서전을 쓴다
망초대나 강아지풀이 찾아와 놀자 한다
잠자리가 앉았다 가고
귀뚜라미 또한 내 울음처럼
몇 페이지씩 읽고,
다음에 올 생을 기다리는
시간은 얼마나 큰 위안인가

빈집

네가 오기를 기다리는 동안
나는 너처럼 집을 지킨다
오는 전화를 받고
잠깐 어디 가셨나 봐요
뭐라 전해드릴까요
됐어요 다시 전화 하죠
뚝 끊기고 나면 너를 기다리는 시간은
참 가까이 있다고 생각한다
내가 걸어온 길을
네가 오고 있다고 생각하면
네 발자국소리와 햇살 푸른 은행나무
콩나물 파는 구멍가게와 집 앞의 감나무 아래
누렁이까지 한 눈에 보이는
그 길을 네가 열심히 오고 있다고 생각하면
기다림이란 참 가까이 있다
사랑 또한 네가 가져온다고 기다릴 때
너의 숨소리 참 가까이 들린다

물결무늬나비

수천의 나뭇잎이 돌돌 말리며 떠내려간다
내 유년의 한 도막이 바위에 걸린다
유영하는 햇살이 긴 그림자 드리우고
비늘을 가진 물고기들이 펄쩍펄쩍 튀어오른다
저 물 속을 누가 알랴
생의 마무리는 흘러가서 돌아오지 않는 것을
그게 생이라 해도 애써 털어놓으려 하지 않는다
그리움은 유리 같아서 금세 깨질 것이다
아이의 손을 잡은 느릿한 걸음걸이가 물결처럼 뒤척인다
오래전에도 물결의 풍경을 본 적이 있다
강둑 오동나무에선 조종소리가 들려왔고
수천 개의 억새 머리카락에선 뿌리가 뻗어 내렸다
천천히 안개가 걷히면서
세상은 제자리에 찾아 돌아가고 있었다
여전히 물결은 흑인가수의 영가처럼 출렁거렸다
수구레한 물결자국이 얼룩진 오후 내내
누군가의 가슴에다가 알 수 없는 문자를 날렸다
꼭 올 거란 답신을 기다렸다
천천히 물결이 바위를 적시고 갔다

텃밭

　구름밭을 가꾸기로 했습니다 구름의 새와 구름의 꽃들
구름의 목장에 풀어 놓습니다 구름과 구름의 물꼬를 엽니
다 구름 꽃들이 싱싱한 사유를 합니다 수천의 새들이 구름
날개를 달고 날아오릅니다 내안으로 들어서는 이름 모를
풀들 햇살과 바람 무량의 시간 어깨를 맞대며 일어섭니다
꽃대를 품은 대궁이 통통합니다 막 꽃이 피려나봅니다 눈
매가 선명한 어머니가 목장 문을 엽니다

　일어나라 이놈아 해가 중천이다

　중천의 하늘 한 귀퉁이 한 삽씩 갈아엎습니다
　구름의 두둑 지어 씨앗 뿌립니다
　상추 심고 고추 심고 쑥갓 심고 들깨랑 심습니다
　참을 먹고 구름이 사는 하늘을 봅니다

　푸른 하늘 여전히 날 비린내 납니다

화진포 경계의 다리

화진포에 와서 노을을 본다
내 몸이 노을처럼 어두워지고
바다도 이미 저물어 푸른 그늘 늘어뜨렸다

갈대숲에서 나온 바람이 청둥오리 몇 마리 몰고 갔고
나뭇잎처럼 가벼운 물살이 저녁노을처럼 밀려왔다

바다는 애써 잠을 불러오지 않는다
간혹 바다가 따듯하다고 느껴질 때
죽음이 속삭이듯 파도처럼 밀려왔다

쥐똥나무 이파리 흔드는
살별 하나가 경계를 그으며 동쪽하늘 지나갔다

흔들리는 갈꽃을 보다가
물겁지는 바다를 보다가
바람 한자락 옷깃을 후리고 갔다

갈매기 날갯죽지 같은 갈꽃 하얗게 부서졌다
음력 열사흘 날의 달이 다리 위를 지나갔다

폭설 공양

밤나무 아래 고장 난 탈수기 통 속에 웅크린 세 살배기
진순이
텅 빈 밥그릇에 내리는 눈
참 맛있게 온다
고봉으로
하얗게 퍼 담아 놓고 간
무명의 밥
한 그릇

광고 문구처럼

그림엽서 같은 가을 한 자락
유리창 너머 어둠처럼 천천히 사라지는 동안

이번에 내릴 곳과 다음 내릴 곳이 흘러나오는
열한 시 사십 분 성남 행 시외버스 안내방송 사이

아침마다 가방 속에 쟁여 넣은 생의 물음표가
잠언처럼 중얼중얼 경계를 넘을 때

그 틈새에 꾸역꾸역 머릿속을 파고드는 노래, 잠이 온다

그는 지금의 행복을 미래를 내세를 혹은 죽음을 앞세운다
나는 늘 비명횡사 불의의 죽음을 생각하며 살아있는
시간의 눈금을 잰다

나비처럼 비틀비틀 팔랑대며 가을 풍경 속으로 날아간
이후의 내 생을 자꾸만 기억하려 한다

달밤 그 집 앞을 지나다

참깨를 베어 멍석에 둘둘 말아 지게에 지고
저녁 햇살이 떨어진 길을 걸어 내려온다

검게 그을린 담장을 돌아 별이 길게 꼬리치며 떨어진다
어린 시절 강물 위로 물수제비뜨듯
불똥을 튀기며 떨어지는 별을 주러 간 날도 있었다

자서전을 풀어내는 문장 뒤에는
햇살 반짝이는 무늬가 있다
제삿날 저녁이면 달빛처럼 어른대는 기억을 더듬느라
나이든 고모들은 안방에 둘러앉아 헛헛한 삶을 풀어놓고
아재들은 흐린 기억에 덧칠하며 술독을 비우고
나는 슬그머니 툇마루에 나앉아
약과나 깨다식을 먹으며 전설의 별들을 바라보곤 했다

문간에 흰둥이가 무거운 목줄을 끌며 일어나고
밥통이 뒤엎어지는 소리가 들려왔다
손전등을 비추자
인광 시퍼런 눈알이 둥글리며 내게로 건너왔다

섬뜩하니 뿜어대는 빛의 기억

풀벌레처럼 울고 우는 또, 이슬에 젖은 달빛이
생생히 왼쪽 가슴을 뚫고 지나갔다

4월

너는 가고

눈물 젖어 떠도는 휘파람새의 새벽이 왔다
물소리 안개로 피어오르는 어유포리
바람의 노래가 되는 나무들이
숫제 캄캄하게 숨을 멈출 때
은밀히 손 내미는 개불알꽃

못 본 체 너는 가고
봄은 가고

되씹히는 말

어머니가 아프다는 연락이 왔다
원주 기독교 병원
중환자실
링거를 꼽고 산소마스크를 쓰고 있다
생의 구심점을 잃은 듯 눈은 감고
귀머거리 귀만 열어놓은 채
신음소리도 없이
부챗살 같은 가슴이 달싹인다
그렇게 억시던 손마디가
넉 잠 잔 누에처럼 고운데
생의 소실점처럼 작아지는 몸
속으로 투명한 시간이 흘러들고 있다
울컥, 울먹이던 말을 하지 않았다

길에서 말을 묻다

바다를 보고 슬퍼하면 정말 슬퍼진다 모래톱 잔물결 지
는 하얀 물보라가 슬퍼진다 포래 따라 금새 숨어버리는 소
라게가 슬퍼진다 소라게가 보이지 않아 슬퍼지고 파도가
또 밀려와 게의 집을 묻어버려 슬퍼진다 바다를 보고 저게
나와 같다고 하면 나도 바다를 닮는다 내가 걸어온 길이 파
도자락에 보이지 않는다 나는 새처럼 길을 만들며 간다 파
도가 밀어 올린 팍팍한 사막에 내 몸을 실어 깊은 발자국을
만든다 바다는 만들어진 게 아니어서 길이 남지 않는다 언
제 떠났는지 아무도 모른다 그 길에 나는 늘 서있고 갈등한
다 그 많은 길이 다 내 길이 아니었듯이 모든 길이 물음표
처럼 휘어졌다

동거

아픔 하나쯤
누가 데불고 살지 않을까

이왕 내 안에 든 짐승이라면
편안해지거라

철없이 찾아든 손님
병이라는
짐승

어슬렁거리는 힘

풀씨 하나가 제 목숨 푸르게 내미는 것이

별이 내 눈과 마주하여 반짝이는 것이

자벌레가 제 몸을 접으며 오르는 것이

빈 편지함에 집을 짓는 무당새의 울음이

호박덩굴 몸을 숙여 담 넘는 것이

바람에 묻어온 모래알이 햇빛에 반짝이는 것이

오동나무 잎사귀에 고인 이슬

목덜미 서늘하게 적시는 것이

이 숲에 어슬렁거리는 힘이다

■ 시인의 꿈과 길

시간과 대화하다

*

죽음을 눈앞에 두고 누운 아버지와 눈을 맞춘다.
억지로라도 맞추려 한다.
눈을 맞추면서 내가 하지 못한 말들이 수액처럼 흘러가고
내게 건너오는 말들을 눈물 삼키듯 듣는다.
서로의 눈빛이 멀수록 자꾸 자주 맞추려 해야 한다.
그게 살아있는 동안 할 수 있는 일이다.

**

시와 인연을 맺은 것은 아주 우연한 일이다.
대학에 입학하고 4월쯤으로 기억된다.
의례적인 학과장과의 면담이 있었는데
그 때 오고 간 내용이 이렇다.
— 자네는 영어영문학과에 왜 들어왔나?
— 무슨 대답을 원하십니까?
— 자네 생각을 듣고 싶네.
— 저는 강아지(개)를 키우려고 들어왔습니다.

— 알았네.

두 마디의 대화가 오고 갔을 뿐인데

끝났다.

내 생각은 이러했다

내가 졸업을 할 때쯤이면 우리나라에도 애완견에 관심을
갖는 사람들이 많아질 것이고 만약 영어로 개를 훈련시켜
분양한다면 자연스런 영어회화와 동물에 대한 관심이 커지
리라는 것이었는데 뒷말은 듣지 않고 끝나버린 의례적인
면담.

만약 다 들어 주었다고 해도 나는 시를 써야했을 것이다.

이미 내안에 집을 짓기 시작한 둥지를 헐어낼 수는 없는
일이었으니 말이다.

***

시는 내가 가진, 그리고 오랫동안 열심히 몰두해 온 유일
한 직업이다. 직업이라 말할 수밖에 없는 건 직업을 가져본
적이 없기 때문이다. 쉽고 편안한 일이 없듯 시는 늘 어렵
다. 시를 찾아 나서기도 하지만 그럴수록 꼭꼭 숨어 꼬리도
보여주지도 않는다.

시는 두드린다 해서 열리는 문이 아니다. 그냥 길을 걷거
나 강가를 서성일 때, 어머니와 콩밭을 매면서 이야기를 나
눌 때, 넌지시 건너온다. 어머니의 말에는 콩알 같은 눈물
이 흐른다. 아마도 눈물이 곡식을 키우는 것이리라. 미래는

오늘의 거울이다. 지금 이 순간 정성을 들여 가꿀 뿐이다. 내 삶의 진리는 어머니로부터 배웠다.

나는 시장을 어슬렁거리는 걸 좋아한다. 오일장이 서는 날이면 난전 한가운데를 지나고 있을 거다. 시골에서 바리바리 싸가지고 온 보따리를 길 양편으로 풀어놓고 파는 할머니들의 이야기를 엿듣거나, 객담을 늘어놓고 생의 통증을 잠시 삭히는 떠버리 장사치의 마이크소리에 머뭇거리는 걸 좋아한다. 사투리가 정겹고 구수하다. 닷새에 한 번 장에 나와 국밥을 먹거나 자장면을 시켜먹는 풍경도 눈길을 끈다. 오래도록 함께 살아오면서 몸에 밴 정이란 게 철철 넘친다.

봄이면 나물장이고 가을에는 송이와 열매들이 많이 나온다. 곰취, 참나물, 누리대, 두릅 등등 내가 아는 이름이다. 돌배와 다래, 머루, 개복숭아, 오디, 가래는 문내가 좋은 열매다.

나는 참 촌스럽다. 아직도 강냉이를 좋아하고 늦은 저녁이면 고구마 감자를 구워 먹는다. 내 시에서도 군고구마 같은, 한 알 한 알 터뜨리며 먹는 찰 강냉이 같은 맛을 담아내고 싶다. 그 안에 닿으려면 더 성찰해야 할 것이다.

새벽닭 우는 소리가 참 맑게 들린다.

시간은 주름이다.

내 기억에 남아있는 시간은 그렇다.

그러나 내 기억 속에 녹아있지 않은 시간을 만난다는 건 뜻밖의 행운이다. 이 세상에 내가 태어나기 전, 나라는 정체는 최소한 어떤 그리움이었을 것이다. 사랑이란 이름으로 맺어졌든, 부부라는 이름으로 맺어졌든 간에.

한국 전쟁 중에 어머니는 아버지의 얼굴도 보지 못하고 시집 오셨다고 한다. 선생이라는 말만 듣고 온 시집. 그러나 육남매의 맏이에 시조모까지 모셔야하는 가난한 농부의 아들이라는 것을 알고 '그게 내 복이려니' 지금껏 살아 오셨다고 한다.

질긴 인연이다.

태어난다는 것은 울림이다.

1960년 2월12일. 강원도 홍천군 동면 후동리 128번지. 아버지 허경구許庚九 어머니 박민순朴民順 사이에서 4남2녀 중 셋째로 태어났다. 호적상의 기록이지만 실제로 내 생일은 1959년 음력 동지 스무닷새이다.

이 날의 기억을 더듬어 거슬러 올라간다.

컴퓨터에는 양력 12월 24일로 기록돼 있다.

크리스마스 이브날인데, 정작 어머니는 모른다고 하신다. 나를 낳기 전 날은 할아버지 생신날이었고, 눈보라가 쳤고 일찌감치 저녁을 먹고 방에 들었는데 산통을 시작한 지 한 시간도 안 돼 낳았다고 한

다. - 어머니 기억

그날 아버지는 가마솥에 물을 길어다 붓고, 일찌감
치 군불을 때며 초조한 마음으로 아들이기 보다 딸
이기를 바랬다는 말을 들은 것 같다. 그러나 나는
당당히 고추를 달고 나왔다.

내 실제 나이와 호적상의 나이는 다르다. 그 때는
영아 사망률이 높아 백일이 지나 살아남으면 출생
신고를 하는 게 보통이었다고 한다.

비로소 60년 2월12일 이름 병직柄稷. 호적에 올랐다.
첫돌이 지나고 태열성 중이염으로 시름시름 앓기
시작하더니 체기에 엄마젖까지 먹지 못했다고 한
다. 세 살이 돼서는 마른 개구리처럼 바싹 말라비틀
어져 죽기만을 기다렸다고 한다. 죽어가는 어린 목
숨이라 그래도 웃는 모습이 참 귀여웠다고. 그러던
어느 날 할머니께서 이름이 좋지 않아 병치레를 한
다며 '남욱南旭'으로 바꿔 부르고, '흰 닭똥을 볶아
가루를 내어 먹이면 급체 만성 체기에 좋다' 는 말을
듣고 닭똥을 주워다가 볶아서 가루를 내고 한 숟가
락 입속에 흘려 넣어주었다는데, 한 잠 자고 일어나
더니 정말 기적처럼 일어나 앉아 밥숟가락을 들었
다고 한다.

참 질긴 목숨이다.

아버지의 임지가 바뀌었다.

1965년 홍천군 남면 용수국민학교(이 당시엔 '초등학교' 가

아닌 국민학교로 불렀다)로 발령이 나고, 그 다음해 어머니도 시댁에서 분가하여 이사를 하셨다고 한다. 학교를 마친 후 아버지는 낚시질을 다니셨다. 내 기억에 구름다리(출렁다리?)가 있었는데 거기서 놀다 그만 떨어졌다. 그 때 다리 밑에서 낚시를 하시던 아버지가 급한 김에 낚시를 던져 나를 걸어 올렸다고 한다.

1967년 아버지는 홍천 내면 율전국민학교로 발령을 받았고, 나는 1학년에 입학했다. 내면 율전리는 뱃재마을이라고 한다. 한국의 오지 중에서 오지에 속하는 마을이었다. 오르막은 있으나 내리막이 없는 고원지대였다. 겨울철 유일한 놀이는 눈썰매 타기였는데, 뱃재 고갯마루에서 짚단을 깔고 앉으면 마을의 경계를 지나 서석면 상대월까지 미끄러져 내려 달렸다. 한 번 타고 내려갔다 올라오면 저녁이었다.

학교에서 전지분유를 급식으로 주었다

처음으로 교회에 가서 산타의 선물을 받았다.

1968년 아버지의 발령으로 노천국민학교로 전학했다. 관사에 이금례 선생님(3-4학년 담임)이 사셨는데 저녁마다 놀러갔다가 자고오곤 했다. 동화책을 잘 읽어 주셨다. 어린 새끼를 품어 주는 새의 품처럼 오래도록 따뜻했다.

학교 급식은 옥수수죽과 다음해엔 빵을 주었다.

아버지 주머니에서 돈을 꺼내 과자를 사먹고 죽도

록 맞았다. 그 후 자주 가출하는 날이 많았다. 하루
는 집에서 나와 터덜터덜 걷다가 할아버지 댁까지
걸어간 적이 있었는데 밤늦게 이름을 부르며 찾아
나선 목소리가 어둠처럼 깊었다. 이때까지 남욱南旭
(아명)이라고 불렀다.

1969년 월운국민학교로 전학. 다시 5학년을 다녔다. 아버지
의 박봉으로 삼촌과 두 분의 고모, 형의 학비를 감
당하기엔 너무 버거웠다는 판단에 강제 유급됐다.

급식으로 옥수수 빵을 주었다.

1970년 소양강 다목적댐 건설현장으로 수학여행을 다녀오
고, 내면 원당국민학교로 전학 갔다. 잦은 전학으로
혼자 지내는 날이 많았다. 늦게까지 교실에 남아 책
을 보거나 풍금이며 리코더 멜로디언 하모니카 등
여러 가지 악기를 접해 보았다. 이상하게도 배운 적
도 없는데 조금씩 다룰 줄 알게 되었다.

내 안의 악보를 찾아냈다.

급식으로 건빵이 나왔다.

1973-1975 내면중학교에 입학했다. 1학년 내내 이십 리 길
을 걸어 학교에 다녔다. 그 때 발가락마다 동상이
걸렸는데 치료를 제대로 못해 여름이면 무좀 겨울
이면 동상이 반복 됐다.

2학년말에 손을 다쳐 엄지손가락을 절단했다. 그
때부터 책을 읽는 시간이 많았다. 주말에는 뒷산에
올라 땔나무를 했고 저녁이면 어머니의 부업을 도

와 옥수수를 땄다.

처음으로 아버지로부터 시계 선물을 받았는데, 그 다음날 수돗가에서 잃어버렸다.

1976년 홍천고등학교에 입학원서를 냈다. 학교는 산중턱에 자리했다. 양버즘나무의 긴 가지가 매몰차게 휘청거렸다. 겨울처럼 학교생활은 고단했다. 입학하면서 서점에 가서 시집을 샀다. 내가 산 첫 번째 시집이다. 『하늘과 바람과 별과 시』 윤동주 유고 시집이었다. 시인의 쓸쓸함이 거울처럼 묻어났다. '인생은 작고 보잘 것 없어도 아름다울 수 있다'는 생각을 맨 뒷장에 썼던 것 같다.

시를 쓰라고 한 사람은 아무도 없다. 고백 같은, 독백의 말들을 일기처럼 쓰기 시작했다. 친구들이 놀러왔다가 뒤적여 보곤 했다.

1979년 대학에 떨어지고 재수를 했다. 흑석동 이모 댁에서 남영동에 있는 학원에 다녔다. 매달 시험이 있었고 성적이 좋으면 수업료를 감면해 주었다. 하루는 밤 늦게 용산역 근처 포장마차에서 어묵을 먹고 있을 때였다. 한 사내가 포장마차를 들어섰다. 소주 한 병을 컵 두 잔에 가득 나누어 부었다. 단숨에 두 잔을 들이키고는 건건한 어묵 국물을 쭉 들이켜고 나가는 것이었다. 진정한 술꾼의 뒷모습에 나도 따라 마셨다. 그 다음은 기억나지 않고, 깨어보니 파출소였다.

무딘 여름이 지나갈 무렵 아버지의 편지를 받았다. 서울에 대한 거부감이었을까? 내려오라는 것이었다. 돌을 삼킨 듯 마음이 먹먹했다. 결국 부자의 의견이 다른 두 장의 원서를 들고 갈등하다가 떨어졌다. 급기야 숨을 곳을 찾는 마음으로 강릉으로 내려갔다.

1980년 강문바다, 그 때의 파도소리와 파도에 떠 밀려온 그물, 그 속에서 헤어나려는 나를 다시 보았다. 영어영문학과에 입학했다. 그해 군부정권을 구체화하려는 세력에 맞서 광주항쟁이 일어나고 교문은 장갑차가 막고 있었다. 다시 봄이 오고 학교로 돌아왔지만 낯설었다. 안경원 시인과 박호영 교수(평론)를 만난 건 그나마 다행이었다. 학교에 문학 서클 미르월이 있었다. 그 모임에서 김승하, 황빈(시인), 염정국을 만났다.

1982년 전국대학생공모 강릉대학교비룡문예에 「황태덕장에서」가 가작으로 뽑혔지만, 수상거부 했다.

1986년 홍천에서 허병직 민병관 2인시화전을 열었다.

1988년 허림詝林으로 이름을 바꾸었다. 강원일보 신춘문예에 시 「제3병동에서」가 당선되고

1989년 KBS춘천방송국에서 구성작가로 근무

1990년 홍천에서 〈다락방문구사〉를 열었다.

1991년 고성 동광농고에서 잠시 교단에 섰다가 다시 〈다락방문구사〉를 하며

1992년 시전문지 『심상』에 「강문바다」 외 4편을 발표하며
    문단에 나왔다.

1998년 수원에서 〈머루와 다래〉라는 칼국수집을 열었으나
    문을 닫고 홍천으로 내려왔다.

2004년 시집 『신갈나무 푸른 그림자가 지나간다』(한국문
    연)를 냈다

2007년 한국문화예술위원회 문예진흥기금을 받았다.

2008년 시집 『노을강에서 재즈를 듣다』(황금알)가 나왔다.